VENTE DU VENDREDI 22 DÉCEMBRE 1893

HÔTEL DROUOT, SALLE N° 3

à deux heures

*Par suite de cessation de commerce en vertu d'un jugement
du Tribunal de commerce de la Seine*

MEUBLES ET SCULPTURES

Exécutés par M. Guillot

OBJETS DIVERS

EXPOSITION PUBLIQUE

LE JEUDI 21 DÉCEMBRE 1893

DE UNE HEURE ET DEMIE A CINQ HEURES ET DEMIE

COMMISSAIRE-PRISEUR	EXPERT
Mᵉ Paul CHEVALLIER	**M. Charles MANNHEIM**
10, rue de la Grange-Batelière, 10	7, rue Saint-Georges, 7

Ovale Bleu

n'ai pas ~~...~~, ai seul ~~...~~ mache ~~...~~
~~...~~ ainsi que pendule 132 et les candélabres
~~...~~ ~~n'ai pas~~ aurai seulement ~~...~~ jamais 2
pendules 28 un retour de Chicago
Réponse pour expédition définitive

CONDITIONS DE LA VENTE

La vente sera faite expressément au comptant.

Les Acquéreurs paieront en sus des adjudications *cinq pour cent*.

L'Exposition mettant le public à même de se rendre compte de l'état des objets, il ne sera admis aucune réclamation une fois l'adjudication prononcée.

Paris. — Imp. de l'Art, E. MOREAU et Cⁱᵉ, 41, rue de la Victoire.

DÉSIGNATION DES OBJETS

MEUBLES ET SCULPTURES
Exécutés par M. Guillot

1 — Petit bureau de dame à cylindre avec casier au-dessus, inspiré de la Renaissance, exécuté en acajou, amaranthe, buis, noyer, ivoire, et peintures sur verre, et enrichi de trois statuettes en bronze, dont deux garnissent les niches et représentent la Leçon de danse, d'après Lallouette. Meuble unique. — Haut., 1 m. 75 cent.; larg., 85 cent.; prof., 45 cent.

2 — Baromètre en tilleul sculpté, de style Louis XVI, encadré de guirlandes de fleurs et surmonté de la partie supérieure d'une colonne et d'une corniche d'ordre dorrique. Il est appliqué sur un fond de peluche couleur chaudron, encadré d'une bordure rectangulaire en bois doré, composé de moulures d'oves et de rais de cœur. Modèle unique. Hauteur du cadre, 2 mètres; larg., 1 m. 15 cent.

3 — Baldaquin, de style Louis XVI, pouvant accompagner le baromètre qui précède, en bois sculpté et doré à tores de laurier et garni de peluche bleue.

4 — Écran, de style Louis XVI, en bois sculpté et doré à moulures, tores de laurier, perles et motif à sa partie supérieure, composé d'une bombe et de feuilles de myrthe signifiant *l'Amour et la Guerre* sur ses deux faces, feuilles de soie rosée à branches fleuries et fleurettes brochées. — Haut., 1 m. 05 cent.; larg., 60 cent.

5 — Écran, de style Louis XVI, en bois sculpté et doré à moulures, perles, rais de cœurs et feuilles d'acanthe aux patins. Le motif supérieur se compose d'une console et de fleurs. Feuille en soie gris perle à bandes fleuries et rubans. — Haut., 1 m. 04 cent.; larg., 63 cent.

6 — Écran tapissé et gainé de peluche rouge de chaque côté. Motif supérieur en bois sculpté et doré composé d'un arc. Pommes de pin et rosaces dorées aux patins. Feuille de soie à bouquets de fleurs. — Haut., 95 cent.; larg., 60 cent.

7 — Écran-guéridon, genre Louis XVI, en bois d'amaranthe, buis et citronnier; bras porte-lumière en bronze à deux branches chacun; peinture et tapisserie. — Haut., 95 cent.; larg., 80 cent.; prof., 20 cent.

8 — Console de salon, de style Louis XV, en tilleul sculpté à rocailles et fleurs. Marbre vieux Rance. — Haut., 87 cent.; larg., 74 cent.; prof., 375 millimm.

9 — Console d'angle, de style Louis XVI, en bois doré, avec feuilles d'acanthe et guirlandes de fleurs aux pieds; tores de laurier et rais de cœur dans la ceinture. Marbre brèche d'Alep. Modèle riche et unique. — Haut., 95 cent.; prof., 47 cent.

10 — Console-jardinière, de style Louis XVI, demi-ronde, dorée, à un pied orné de feuilles d'acanthe, cannelures torses, culot et griffe, couronné de fleurs, canaux avec chandelles dans la ceinture. Elle est garnie d'une cuvette en zinc verni pour recevoir des fleurs. Marbre rosé des Pyrénées.

11 — Cadre de glace, pouvant accompagner la console qui précède, en bois sculpté et doré. Moulures ornées, rubans, et à sa partie supérieure branches de laurier formant couronne. La glace est biseautée. — Haut., 1 m. 48 cent.; larg., 60 cent.

12 — Deux consoles-jardinières, tilleul sculpté, vases dans les entretoises et motifs sculptés dans les ceintures, sans cuvettes ni marbre. L'une en blanc, l'autre restée sur bois. — Haut., 96 cent.; larg., 1 mètre.

13 — Console, de style Louis XVI, tilleul sculpté, à deux pieds tournés, draperie, médaillon avec figure, fleurs, rais de cœur, canaux, culots et oves dans la ceinture; couronne de roses, chapiteaux ioniques et feuilles d'acanthe formant culots au bas des pieds. Vase orné de guirlandes et chutes de lauriers et flammes posant sur l'entretoise, retour en creux. Marbre bleu turquoise. — Larg., 1 m. 14 cent.; prof., 41 cent.

14 — Cadre, de style Louis XVI, tilleul sculpté rectangulaire, assorti à la console ci-dessus, à ressauts à chaque angle, rosaces de marguerites, moulures sculptées, tores lauriers, perles et rais de cœur. — Haut., 1 m. 25 cent.; larg., 1 m. 10 cent.

15 — Console, de style Louis XVI, rectangulaire, dorée, sculptée, quatre pieds tournés ; feuilles d'acanthe, rosaces, denticules, canaux dans la ceinture. Vase couronné d'une flamme et chutes de lauriers posant sur l'entretoise. Marbre brèche d'Alep. Modèle unique. — Haut., 1 mètre ; larg., 65 cent. ; prof., 41 cent.

16 — Grande jardinière, de style Louis XVI, décorée blanc et or, moulures sculptées, rais de cœur, perles, rubans, clochetons, pommes de pin, surmontée d'une glace biseautée et d'un fronton sculpté de couronnes de roses. Motif du caisson du bas : deux oiseaux représentant l'Hyménée. Milieu disposé et garni d'une caisse en zinc verni pour recevoir des fleurs et ayant un reposoir à chacune de ses extrémités. Meuble unique. — Haut., 1 m. 98 cent. ; larg., 2 m. 14 cent. ; prof., 50 cent.

17 — Table à jeu de forme octogonale, palissandre ciré à pieds tournés ; tapis vert.

18 — Fauteuil, style Louis XIII, noyer ciré, genre ancien, dossier pour être garni.

19 — Fauteuil de salon, style Louis XIV, hêtre sculpté, pour être doré.

20 — Deux fauteuils, de style Louis XIV, bras poirier sculpté. Riches.

21 — Fauteuil, style Louis XIV, bras sculptés, siège et dossier cannés.

22 — Fauteuil de bureau, style Louis XV, noyer, dossier à
panneau orné de motifs sculptés.

23 — Deux fauteuils, style Louis XV, dits cabriolets, noyer,
sculptés. Très jolis de forme. (Assortis aux chaises
nº 27.)

24 — Six chaises, noyer, pieds tournés à godrons, croisil-
lons et cannelures ; dossiers carrés. Non garnies.

25 — Six chaises, hêtre, style Louis XVI (pouvant être
dorées ou laquées), dossiers creux, pieds tournés, à
canaux, moulures, dossiers sculptés, ceintures, perles
et rais de cœur, godrons et rosaces.

26 — Trois chaises légères, style Louis XVI, hêtre, à car-
touche dans le cintre, feuilles laurier et chêne ; pieds
tournés, à canaux, perles et rais de cœur dans la ceinture.

27 — Deux chaises, de style Louis XV, noyer sculpté. Très
jolies de forme. (Assorties aux deux fauteuils nº 23.)

28 — Chaise, style Louis XVI, à lyre et flambeau, noyer
ciré, rehaussée d'or, à feuilles de myrthe ; pieds tournés,
à canaux, perles et rais de cœur dans la ceinture.

29 — Chaise, style Louis XV, noyer ciré, rehaussée d'or,
sculptée, à panneaux ; motifs cintre, devanture et coins-
de-pieds.

30 — Chaise légère, style Louis XV, noyer ciré, à panneaux,
motif cintre, panneaux et devanture.

*

31 — Chaise, style Louis XVI, noyer, cintre, attributs de
musique.

32 — Deux chaises, style Louis XVI, noyer ciré, cintre,
roses dont une rehaussée d'or, rais de cœur dans la
ceinture.

33 — Tabouret-chauffe-dos, style Renaissance, noyer ciré.
Modèle unique. — Larg., 74 cent.; prof., 50 cent.

34 — Tabouret-pouf, style Louis XV, noyer. Riche — Des-
sus, 45 cent. carré.

35 — Tabouret, style Louis XVI, noyer ordinaire. — Des-
sus, 45 cent.; haut., 38 cent.

36 — Deux tabourets ronds, style Louis XVI, hêtre, moulures, perles, pieds cannelés, rosace et entretoises. —
Siège : larg., 40 cent.

37 — Deux marquises, style Louis XV, sycomore, sculpté à
ornements et fleurs, et dossier à médaillon sur fond
découpé.

38 — Grand cadre, style Louis XVI, rectangulaire, moulures
sculptées, feuilles d'acanthe, tores lauriers et pirouettes.
Très riche. — Mesures extérieures : haut., 2 m. 6 cent.;
larg., 2 m. 26 cent.

39 — Cadre, style Louis XVI, rectangulaire, amaranthe ciré,
à oves et rais de cœur. — Haut., 1 m. 50 cent.; larg.,
1 m. 4 cent.

40 — Cadre, style Louis XVI, rectangulaire, doré, moulures, perles et rais de cœur, fond mobile garni de peluche bleue. — Haut., 1 m. 95 cent.; larg., 72 cent.

41 — Deux cadres, style Louis XIV, chêne, moulures sculptées, d'après l'ancien. — Haut., 91 cent.; larg., 76 cent.

42 — Cadre, style Louis XVI, rectangulaire, tilleul, moulures sculptées, oves et rais de cœur. — Haut., 1 m. 70 cent.; larg., 1 mètre.

43 — Cadre de glace, style Louis XVI, hêtre, canaux dans la frise, moulures d'encadrement, perles et rais de cœur. — Haut., 90 cent.; larg., 60 cent.

44 — Cadre de glace, style Louis XVI, tilleul, moulures sculptées, perles et rais de cœur, avec plinthe. — Haut., 92 cent.; larg., 60 cent.

45 — Cadre, style Louis XVI, tilleul, petites moulures, perles. — Haut., 90 cent.; larg., 60 cent.

46 — Cadre, style Louis XIII, aulne et chêne, moulures sculptées, tores lauriers et petites feuilles. — Haut., 90 cent.; larg., 80 cent.

47 — Cadre, style Louis XIV, chêne, moulures sculptées et dorées, d'après l'ancien. — Haut., 62 cent.; larg., 41 cent.

48 — Cadre, style Louis XVI, tilleul, moulures, rais de cœur avec fronton, feuilles de myrthe et blé. — Haut., 70 cent.; larg., 48 cent.

49 — Deux cadres, de style Louis XIV, chêne et sapin, moulures sculptées. — Haut., 1 m. 21 cent.; larg., 96 cent.

50 — Deux cadres, style Louis XIV, chêne et sapin, moulures chêne sculptées. — Haut., 96 cent.; larg., 72 cent.

51 — Deux cadres à portraits, style Louis XVI, noyer, rais-de cœur et perles, rosaces dans les coins. — Haut., 41 cent.; larg., 305 millimm.

52 — Deux cadres, style Louis XVI, pour portraits, poirier, moulures sculptées, tores lauriers et rais de cœur. — Haut., 27 cent.; larg., 22 cent.

53 — Deux cadres, style Louis XVI, pour portraits, poirier, tores lauriers seulement — Haut., 27 cent.; larg., 22 cent.

54 — Cadre, style Louis XVI, poirier, pour portraits, tores lauriers et perles. — Haut., 27 cent.; larg., 22 cent.

55 — Petit cadre, style Louis XVI, noyer, pour peinture ou portrait, moulures sculptées, rubans et perles, avec petit ruban comme fronton, rehaussé d'or. — Haut., 19 cent.; larg., 13 cent.

56 — Cadre, chêne, belles moulures à godrons. — Haut., 1 m. 95 cent.; larg., 1 m. 15 cent.

57 — Cadre, chêne et amaranthe avec plinthe, mêmes moulures que le précédent. — Haut., 1 m. 51 cent.; larg., 1 m. 5 cent.

58 — Cadre, chêne, mêmes moulures à godrons que les précédentes. — Haut., 65 cent.; larg., 55 cent,

59 — Cadre-jumelle, style Renaissance moderne, noyer et buis, branche de chêne liant les deux cadres, avec le modèle de la médaille en galvano de l'Exposition française, à Londres, de 1890, figure par Maxime Hiolle et revers par H. Guillot, vendu avec le droit de l'exploitation du modèle de ladite médaille. — Hauteur environ, 40 cent.; larg., 70 cent.

60 — Cadre, chêne et amaranthe. — Haut., 1 m. 22 cent.; larg., 93 cent.

61 — Deux cadres, chêne et amaranthe. — Haut., 62 cent,; larg., 89 cent.

62 — Deux autres. — Haut., 50 cent.; larg., 39 cent.

63 — Sept petits cadres divers.

OBJETS DIVERS

64 — Armoire, Louis XIV, chêne, portes pleines et sculptées, très riche; pilastres à coins ronds et corniche cintrée, ferrures apparentes, tablettes anciennes. — Hauteur environ, 2 m. 80 cent.; larg., 1 m. 40 cent.; prof., 70 cent.

65 — Armoire, Louis XIV, frêne, à portes pleines et mou-

lures, corniche, ferrures apparentes, tablettes intérieures.
— Hauteur environ, 2 m. 80 cent.; larg., 1 m. 30 cent.;
prof., 55 cent.

66 — Secrétaire droit, acajou, genre Empire, avec bagues
bronze.

67 — Table à ouvrage, même genre que le précédent.

68 — Baromètre, Louis XVI, forme ronde, bois sculpté,
noir et dorure, sans son tube de mercure.

69 — Grand cadre, époque Louis XIV, chêne, fronton
sculpté arrondi à la partie supérieure. — Haut., 2 m.
50 cent.

70 — Cadre, époque Louis XIV, chêne, moulures sculptées,
feuilles et culots. — Haut., 61 cent.; larg., 30 cent.

71 — Cadre de glace, Louis XIV, chêne, avec fronton. —
Haut.; 1 m. 30 cent.; larg., 67 cent.

72 — Deux cadres, Louis XIII, noyer ciré, moulures unies.
— Haut., 65 cent.; larg., 35 cent.

73 — Petit cadre rectangulaire, noyer, avec imprimé sur
soie, représentant la Sainte Face du Christ. Époque
Louis XIV. — Haut., 26 cent.; larg., 20 cent.

74 — Cadre, Louis XIV, doré, moulures sculptées, genre
italien avec peinture (sujet religieux), toile, sur bois éga-
lement genre italien.

75 — Deux cadres ovales, Louis XVI, chêne, garnis de deux portraits de jeunes filles, pastels sur papier. — Haut., 48 cent.; larg., 40 cent.

76 — Quatre petites colonnes torses, chêne, couronnées de leurs chapiteaux corinthiens.

77 — Deux panneaux de porte, Louis XIV, chêne; l'un mesurant 1 m. 5 cent. sur 77 cent., orné de quatre écoinçons sculptés dans la masse; l'autre de 85 cent. de large et 19 cent. de hauteur, avec motifs riches au milieu, pris aussi dans la masse.

78 — Huit petits cadres anciens en bois doré.

79 — Commode en bois de noyer. Époque Louis XVI.

80 — Jeu de jaquet en bois d'ébène. Pions en ivoire.

81 — Cadre doré avec sa glace. Fronton couronne de lauriers sculptée. Haut., 1 m. 13 cent.; larg., 87 cent.

82 — Sujet, bronze, du temps de l'Empire, monté sur socle en acajou : la Musique.

83 — Petite pendule, marbre et bronze. (Réparée.)

84 — Deux petits bois de cerf montés sur socles en noyer.

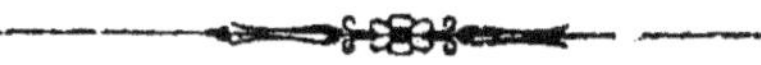